ZAG HEROEZ

Miraculous™

Mister Bug et Lady Noire

Une série réalisée par Thomas Astruc
Bible littéraire : Thomas Astruc
Bible graphique : Thomas Astruc et Nathanaël Bronn
D'après l'épisode « Poupéflekta »
écrit par Thomas Astruc, Fred Lenoir,
Mélanie Duval et Sébastien Thibaudeau.

Novélisation : Catherine Kalengula
Conception graphique : Carla de Cruylles
Mise en pages : Le chalet graphique

Hachette Livre, 58, rue Jean-Bleuzen, 92178 Vanves Cedex.

ZAG HEROEZ

Miraculous™

Mister Bug et Lady Noire

hachette JEUNESSE

Marinette & Ladybug

Dans la vie,
Marinette a deux passions :
la mode et... Adrien !
Le problème, c'est qu'elle perd
tous ses moyens lorsqu'elle doit
lui parler. Pourtant, Marinette
cache un incroyable secret :
elle est Ladybug,
une super-héroïne, sûre d'elle
et déterminée !

Tikki

C'est le kwami de Marinette. Elle lui permet de se transformer en Ladybug, lorsqu'elle intègre ses boucles d'oreilles magiques, les Miraculous. Calme et rassurante, Tikki est toujours de bon conseil !

Adrien & Chat Noir

Adrien est LE garçon parfait : beau, sympa et populaire ! Comme Marinette, il mène lui aussi une double vie ! Il est Chat Noir, le complice de Ladybug, dont il est amoureux sans connaître sa véritable identité...

Plagg

Paresseux et un peu ronchon, le kwami d'Adrien ne l'aide pas toujours de gaîté de cœur ! Pour permettre à son complice de se transformer, Plagg doit intégrer sa chevalière.

Papillon

Personne ne sait
qui il est en réalité
ni où il se cache. Il a le pouvoir
de repérer les gens en colère
et de les transformer à distance
en super-vilains grâce à ses akumas.
Son but ? Voler à Ladybug et
à Chat Noir leurs Miraculous,
qui sont les objets magiques
les plus puissants
au monde.

Les akumas

Ces papillons chargés de magie peuvent intégrer l'objet fétiche d'une personne en colère et ainsi la transformer en super-vilain.

1

Mission séance photos

Juleka a un rêve secret : devenir mannequin. Et elle connaît quelqu'un qui pourrait l'aider à le réaliser : Marinette, l'apprentie styliste ! Ce serait si facile : elles se voient tous les jours, au collège !

Oui mais voilà, il y a un problème : Juleka est super timide ! La plupart du temps, elle n'arrive même pas à parler aux gens. Tout ce qui sort de sa bouche, c'est une espèce de charabia sans queue ni tête.

Alors, comment pourrait-elle dire à Marinette qu'elle aimerait porter les vêtements qu'elle dessine ?

Depuis une heure, Juleka regarde les barrettes étalées sur sa coiffeuse. Enfin, elle soulève la mèche de cheveux

qui cache son visage, prête à l'attacher... avant de changer d'avis. Définitivement, elle n'osera jamais se montrer !

Depuis le lit, Luka l'observe, sa guitare à la main. Il adore sa petite sœur et voudrait l'aider. Sauf qu'il y a une chose qu'il ne peut pas faire à sa place : Juleka va devoir se battre contre un ennemi redoutable (non, non, pas un super-vilain, ni même le Papillon) : sa timidité. Et ça, c'est plus fort que tout !

Cependant, Luka se dit qu'avec un petit coup de main, Juleka pourrait prendre un peu confiance en elle et arrêter de se cacher derrière son bouclier – c'est-à-dire ses cheveux !

— Tu ne veux plus être mannequin ? lui demande-t-il avec sa douceur habituelle.

— Si, mais personne ne voudra de moi…

Luka joue quelques notes – la musique l'aide toujours à réfléchir.

— Pourquoi tu n'essaies pas d'en parler à Marinette, alors ?

— Je ne veux pas l'ennuyer avec ça.

Son frère se lève pour la rejoindre. Il ne peut pas supporter de la voir malheureuse !

— Tu es super jolie, Juleka, assure-t-il. Je suis certain qu'elle adorerait t'avoir comme modèle.

Il se plante derrière elle et soulève ses cheveux afin de dégager son visage.

— Je ne veux pas que tu passes à côté de ta vie, poursuit-il avant d'attacher la mèche avec une barrette. Fais ce qui te plaît ! Va au bout de ton rêve.

Juleka sourit et Luka l'embrasse sur la joue :

— Allez, fonce, lui murmure-t-il.

Pff ! Quelle journée ! Ce matin, il a fallu affronter un super-vilain !

Chat Noir était là et il a sorti une de ses petites blagounettes dont il a le secret… au pire des moments ! Ça a failli me faire rater mon Lucky Charm !

Ah, celui-là, je vous jure…

Histoire de se justifier, il a affirmé que Maître Fu l'avait choisi pour son humour… un talent dont j'étais, moi, totalement dépourvue !

N'importe quoi ! Je suis très drôle et très sensible aux blagues ! Sauf quand il essaie de m'embrasser sur la main, comme ce matin – je ne l'ai pas laissé faire, bien sûr. Ou lorsqu'il m'appelle Buguinette.

Là, ça m'agace !

Enfin, ma mission terminée, j'ai pu filer en cours. Voilà ce qui s'appelle : « démarrer sur les chapeaux de roue » (ou sur les chapeaux de yoyo, dans mon cas). La journée est passée à toute vitesse, et coup de chance : Mme Mendeleïev, notre professeure de sciences, était absente. Résultat, on a fini une heure plus tôt. Chouette !

— On devrait en profiter pour faire des photos ! lance Alya quand nous nous retrouvons avec Mylène, Alix et Rose, sous le préau. Pour le futur site Internet de Marinette !

— Ouais, super idée ! s'exclament en chœur nos copines.

Ça fait longtemps que j'y pense, et Alya est la première à m'encourager. Elle dit que je dois faire connaître mes créations. Et que le mieux est encore de les présenter sur de vraies personnes – pas sur des cintres.

— Qui veut être mannequin ? demande ma meilleure amie à la ronde.

Silence et regards embarrassés. J'ai l'impression que nos copines voudraient bien m'aider mais qu'elles n'osent pas.

C'est alors que Juleka nous rejoint. Enfin, je crois que c'est elle... Parce que c'est la première fois que je découvre son visage ! Tout le monde reste bouche bée. Elle est si jolie avec ses grands yeux ! Je n'en reviens pas !

— Moi, je veux bien le faire, déclare-t-elle.

Ça alors ! C'est trop gentil de sa part ! You-hou, on a notre mannequin vedette !

Alors que je m'apprête à sortir, Alya me retient sous le préau. Elle a son petit air mystérieux, ça m'inquiète un peu. Celle-là, elle a une idée derrière la tête, j'en parierais mon yoyo !

— On va avoir besoin d'un directeur artistique, explique-t-elle. Quelqu'un qui s'y connaisse en photos de mode.

Sur ces mots, elle attrape mon visage et le tourne vers Adrien qui se tient à quelques mètres de nous.

— Lui, par exemple, précise-t-elle.

Non, mais elle est tombée sur la tête ou quoi ?

— Euh, je t'arrête tout de suite, je m'affole. Si Adrien est chez moi, dans ma chambre, je vais perdre tous mes moyens !

— Au contraire, me détrompe-t-elle en posant une main sur mon épaule. Tu seras dans ton élément. C'est la situation idéale pour vous rapprocher !

Mouais. Bon. Disons que… ça demande réflexion.

Eh bien, c'est tout réfléchi… et c'est non ! J'ai trop peur ! Mais Alya s'en moque. La voilà qui court vers mon Adrien.

Au secours ! Je me cache les yeux – même si ça ne sert à rien, puisque j'entends tout.

— Tu viens nous aider à faire des photos pour le site de Marinette ? lui demande-t-elle.

— J'aimerais beaucoup, Alya, répond-il avant d'ajouter tristement : Mais je dois rentrer chez moi, parce que sinon, mon père…

—Je sais bien, réplique-t-elle. Mais normalement, on avait cours avec Mme Mendeleïev, et comme elle est absente, tu as une heure devant toi,

avant le moment où tu dois être officiellement à la maison. Ton père n'en saura rien !

Décidément, Alya est prête à tout ! À travers mes doigts écartés (impossible de résister), j'aperçois Nino qui donne un petit coup de coude à son copain.

— Elle n'a pas tort, mon pote !

— C'est vrai, Alya, tu as raison, approuve Adrien avec un sourire.

Oh non, il s'avance vers moi ! Mon cœur s'emballe. Je vais m'évanouir. Ça y est, je m'évanouis – enfin, je tombe à la renverse… et c'est tout aussi ridicule.

Adrien va venir chez moi. Oh ! Là, là !

2

Madrien

Je n'arrive pas à y croire ! Adrien est là, *dans ma chambre* ! Pour de vrai. En chair et en os – et pas seulement sur les photos de magazines que je collectionne. Bon, il faut que je me concentre ! Mais comment ? Je sais : je vais chercher des accessoires dans ma boîte à bijoux. J'ai besoin de boucles d'oreilles, de deux bracelets, d'un collier et de plusieurs bagues pour aller avec la tenue.

Pendant ce temps, Alix, Mylène et Rose aident Juleka à se préparer. Elle est vraiment ravissante dans les vêtements que j'ai dessinés ! On dirait que cette marinière, ce béret et ce jean ont été créés rien que pour elle.

— Psst ! souffle Alya, quand Adrien a le dos tourné. Invite-le au cinéma, saisis ta chance.

Moi. Inviter. Adrien. Au. Cinéma. Tous ces mots dans la même phrase, ça me paraît complètement impossible ! Et je me mets à rire bêtement. Je regarde Adrien, mon directeur artistique.

— Alix, il faudrait plus de lumière sur les épaules de Juleka, fait-il remarquer. On doit mettre sa silhouette en avant.

Alix s'empresse d'ouvrir la fenêtre. Puis, Adrien se tourne vers moi.

— Ça te convient, Marinette ? me demande-t-il.

— Hein ? Euh, bien sûr, je bredouille. Tu es parfait… Euh, je veux dire, ha ha ha, c'est parfait.

Au secours ! Il choisit l'une des bagues que je tiens dans les mains. Mes créations, bien sûr !

— Hum, celle-là, décide-t-il. Elle mettra mieux la tenue en valeur.

— C'est ce que je pense aussi, *Madrien*, je réponds. (Et ça continue !). Euh, Adrien. Hi, hi, hi.

Il doit me trouver ridicule ! Heureusement, Alya fait diversion avec son téléphone braqué sur Juleka.

— Tu nous fais un petit sourire, s'il te plaît ? lui demande-t-elle.

Seulement, notre mannequin vedette ne sourit pas. Elle baisse la tête et marmonne une série de mots incompréhensibles. Elle fait toujours ça quand elle est gênée. Et je la comprends !

La timidité, c'est difficile à surmonter (j'en sais quelque chose quand je suis face à *Madrien*, hum, hum...).

Elle paraît si angoissée ! Je m'approche d'elle et pose les mains sur ses épaules.

— Quelque chose ne va pas ? je lui demande. Tu sais, ça m'a beaucoup touchée que tu me proposes d'être mannequin. Mais j'ai l'impression que tu n'es pas vraiment à l'aise avec tout ça...

— Décidez-vous vite, intervient Alya, sourcils froncés. Parce qu'il reste moins d'une heure avant qu'Adrien s'en aille.

— Ce n'est pas grave, réplique-t-il. Peut-être qu'on peut remettre ça à un autre jour... si mon père veut bien.

Quand je vois Juleka dans cet état, le souffle court, le regard apeuré, ça me serre le cœur. Elle a été adorable, mais poser pour des photos semble être au-dessus de ses forces. Et en même temps, je ne voudrais pas lui faire de la peine en proposant qu'elle abandonne.

— Tu préfères peut-être que quelqu'un te remplace ? je suggère doucement. C'est vrai que je pourrais porter mes créations moi-même. Seulement, je n'ai pas envie de te…

— Mais oui, carrément ! s'écrie Alya, avec enthousiasme. Quelle bonne idée, Marinette !

Elle m'attrape par le bras et m'entraîne à côté d'Adrien. Je n'ai même pas le temps de dire ouf !

— Le plus cool avec tes créations, c'est qu'elles vont aussi bien aux filles qu'aux garçons ! affirme-t-elle en nous observant tous les deux. Un garçon, une fille – même tenue. Qu'est-ce que tu en penses, Adrien ? Tu es partant ?

— Si ça peut aider… accepte-t-il, en souriant.

— Ouais, ça va être génial ! s'exclame Alya.

Et hop, elle prend les choses en main. Elle me tend le béret de Juleka, tandis que Rose et Mylène installent deux paravents. Alya pousse Adrien derrière l'un d'eux, avant de me chuchoter à l'oreille :

— Comme ça, vous passerez plus de temps ensemble. Ne me remercie pas !

À noter : ma meilleure amie a *toujours* une idée derrière la tête. Toujours.

J'enfile le jean, la marinière et les trois bagues assorties. Mais au moment de mettre les boucles d'oreilles, j'hésite. Je vais devoir ôter mon Miraculous. Est-ce que c'est grave ? Sûrement pas !

Tikki sort la tête de mon sac.

— Ne fais pas ça, Marinette, me chuchote-t-elle, paniquée.

— Ce ne sera pas long, je la rassure en rangeant les boucles d'oreilles magiques avec elle dans mon sac. Et puis, tu les gardes pour moi.

Tikki est toujours à mes côtés. Donc, à la moindre alerte, hop, je remets mon Miraculous ! C'est aussi simple que ça !

Derrière l'autre paravent, Adrien a revêtu la même tenue que Marinette – y compris les boucles d'oreilles. Mais au moment d'enfiler la dernière bague, il hésite. Doit-il enlever son Miraculous ?

Plagg sort la tête de son sac.

— Attends, tu n'es pas sérieux ? s'affole-t-il.

— Ce ne sera pas très long, rétorque le garçon avant de ranger la chevalière magique avec le kwami. Et puis, tu ne seras pas loin.

Cette séance photo l'amuse énormément ! Et il est vraiment heureux de pouvoir partager cette expérience avec ses amies…

Ça y est, je suis habillée. Il est temps de rejoindre les autres. Je contourne le paravent, pile au même instant qu'Adrien. Et là, je n'ai pas de mot ! Il est juste… waouh ! Les filles semblent tout aussi ébahies.

— Vous êtes trop beaux, tous les deux ! s'écrie Rose-la-romantique, les mains sur les joues.

— Vous êtes sur-parfaits ! renchérit Alix.

— Je crois qu'on est prêts, décrète Alya.

Oh ! Là, là ! Je me sens mal ! Je suis toute rouge – je le sais – et j'ai du mal à respirer. Dans moins de deux secondes, je vais m'étaler comme une crêpe.

— Tout va bien, Marinette ? s'inquiète Mylène.

— Oui, je confirme, osant à peine regarder Adrien. Il est trop beau. Euh, il fait trop chaud ici, vous ne trouvez pas ?

La honte. Heureusement, Alya devine tout de suite ce qui ne va pas.

— OK ! lance-t-elle. Changement de plan. On va faire des photos en extérieur.

Mylène adore l'idée, et elle entraîne déjà Adrien vers la sortie, suivie d'Alix. Comme je reste figée, Alya se penche à mon oreille.

— Tu vas y arriver, murmure-t-elle.

Je lui souris, avant de prendre moi aussi le chemin de la sortie. Mais Juleka ne bouge pas.

— Je préfère ne pas venir, confie-t-elle à Rose, sa meilleure amie.

— Ben, pourquoi ? je lui demande.

— Pour rien, je…, hésite-t-elle. Je suis juste fatiguée. Et puis, je ferais mieux de réviser un peu.

— Tu en es sûre ? je m'étonne.

Je ne comprends pas. Je pensais que Juleka ne voulait plus poser pour les photos. Mais si je m'étais trompée ? Peut-être que ça lui fait de la peine, finalement, qu'on l'ait remplacée ? En bas, Alya me montre l'heure sur son téléphone, d'un air impatient.

— Les filles, il ne nous reste plus que trente minutes, nous rappelle-t-elle.

Trente minutes et mon *Madrien* s'envolera… Je regarde Juleka.

— À tout à l'heure alors, fais comme chez toi.

J'espère vraiment que ça ira…

3

Au monstre !

Malheureusement, Juleka ne va pas bien du tout… Ses amis partis, elle fond en larmes.

— Je suis trop nulle, gémit-elle, en enlevant sa barrette. J'ai encore tout raté, comme d'habitude.

Elle était si près d'atteindre son rêve ! Marinette et les autres auraient dû comprendre qu'elle avait besoin de plus de temps pour se sentir à l'aise. Au lieu de ça, ils ont décidé de la remplacer, juste comme ça ! Ils n'ont même pas essayé de la comprendre !

Juleka ne s'est jamais sentie aussi… différente.

Dans son antre, le Papillon se frotte les gants. Une fois déjà, il a changé Juleka en Réflekta, une super-vilaine qui transformait tout le monde à son image. Et il est prêt à lui offrir une seconde chance. Mais aujourd'hui, il ne va pas seulement lui envoyer un akuma, non. Sa victime recevra un petit « cadeau » supplémentaire : un amok envoyé par sa fidèle assistante !

— À nouveau, cette jeune proie ne sera pas au centre de l'attention, se réjouit-il. Nathalie, j'ai besoin de Mayura pour donner une nouvelle dimension à cette émotion négative.

La jeune femme accroche la broche magique, enlève ses lunettes, puis s'écrie :

— Duusu, transforme-moi !

Le kwami du paon s'empresse de lui obéir. L'instant d'après, elle devient la puissante Mayura, reine des Sentimonstres ! Pour créer l'un d'eux, c'est simple : elle charge une plume de son éventail en énergie négative, qui devient ainsi un amok.

Et bientôt, amok et akuma s'envolent ensemble vers leur nouvelle victime…

Parvenus près de Juleka, l'amok se fond dans la barrette qu'elle tient à la main et l'akuma dans l'un de ses gants. Dès cet instant, le Papillon peut parler à la jeune fille par télépathie.

— Réflekta, lui dit-il. Je t'offre à nouveau le pouvoir de transformer qui tu voudras à ton image. Et ainsi, d'être enfin remarquée de tous.

Au tour de Mayura de prendre la parole.

— Réflekta, je suis Mayura. Pour te faciliter la tâche, tu recevras l'aide de Poupéflekta. Elle suivra tes ordres et t'obéira au doigt et à l'œil.

En échange, bien sûr, le Papillon exige que la super-vilaine lui rapporte les Miraculous de Chat Noir et de Ladybug. Marché conclu !

Pour ne plus se sentir différente, une seule solution : transformer tout le monde à son image ! Et pour aller plus vite, quoi de mieux qu'une poupée géante capable d'envoyer un redoutable rayon sur la population ?

Réflekta se fait une joie de s'installer au poste de commandement, situé dans la tête de son monstre-poupée. Pour le mettre en marche, rien de plus facile : il faut utiliser la barrette – devenue géante elle aussi – comme un gouvernail.

Tremblez, Parisiens ! Capitaine Réflekta est à la barre, et vous allez bientôt comprendre ce que c'est que d'être dans sa peau !

Le Gorille – autrement dit le chauffeur-garde du corps d'Adrien – a accepté de nous conduire à la tour Eiffel. Il fait un peu peur, vu comme ça, mais j'ai l'impression qu'il a bon cœur au fond. En tout cas, pendant la séance-photo, moi, je nage en plein bonheur ! Je fais équipe avec Adrien ! Et j'arrive même, ta-dam : à glisser un bras sous le sien !

Ah, c'est le plus beau jour de ma vie !

Mais soudain, un monstre surgit ! Cette drôle de poupée me rappelle un peu quelqu'un... Réflekta ! Il y a comme un air de famille entre les deux.

— Ne partez pas mes amis, nous lance Réflekta, qui semble se trouver à l'intérieur de la poupée. C'est vous que je cherchais justement. J'ai quelque chose de spécial pour votre séance-photos !

Le monstre ouvre la bouche et projette un rayon droit sur nous. C'est la panique ! Mylène et Alix s'enfuient.

Hélas, Réflekta les change en parfaites copies d'elle-même !

Rose va se planter devant la gigantesque poupée.

— Je suis désolée, Juleka, j'aurais dû rester avec toi, s'excuse-t-elle.

— Peu importe, rétorque la supervilaine. Il n'y a plus de Juleka. Je suis Réflekta ! Et de toute façon, personne ne fait attention à Juleka !

Heureusement, Rose parvient à esquiver le rayon. Mais ce n'est que partie remise ! Je m'en veux d'avoir remplacé Juleka pour la séance-photos. J'aurais dû prendre le temps de l'écouter. Maintenant, voilà le résultat : une supervilaine associée à un Sentimonstre !

Dissimulée derrière un mur, je m'exclame :

— Tikki, transforme-moi !

Rien ne se passe. Et pour cause : je ne porte pas mes boucles d'oreilles magiques ! Je ne suis pas affolée, non. C'est bien pire !

Mon Miraculous se trouve dans mon sac, qui lui-même est rangé dans le coffre de la voiture d'Adrien. Je jette un coup d'œil prudent aux alentours : la berline est garée dans la rue. Encore faudrait-il pouvoir l'atteindre !

Je n'ai aucune envie de devenir une Réflekta, moi ! La super-vilaine continue de balayer les passants avec son impitoyable rayon, même le Gorille. Elle commence à sérieusement m'agacer !

Déterminée, je me précipite vers le véhicule. Et je bondis derrière, pile au même instant qu'Adrien.

— Cache-toi dans la voiture ! me dit-il.

— Ben, et toi, alors ? je m'inquiète.

La voix de Réflekta résonne alors au-dessus de nous.

— Marinette ! tonne-t-elle. Tu m'as volé mon heure de gloire. Je devais être la star de cette séance-photos.

— Mais, tu n'avais plus envie de la faire, je me défends, en me redressant.

— Tu ne m'as même pas laissé le temps de m'expliquer, réplique-t-elle avant de me mitrailler.

Oh non, elle m'a transformée ! Bon, après tout, ce n'est qu'une apparence. Parce qu'à l'intérieur, je suis toujours Marinette. Et Ladybug ! Il faut juste que je récupère mon sac.

Mais la poupée géante attrape la berline et la jette au loin ! Pauvre Tikki ! J'espère qu'elle n'a rien !

— Personne ne m'échappera ! avertit Réflekta.

Et elle ne plaisante pas. C'est maintenant au tour d'Adrien de devenir son double. Bientôt, tout Paris sera comme elle.

Je dois l'arrêter ! Seulement, sans super-pouvoir, ça risque d'être compliqué...

Lancée par Poupéflekta, la berline atterrit brutalement au milieu de la rue. Son coffre s'ouvre sous le choc, déversant tout son contenu... y compris les deux kwamis ! Lorsqu'ils aperçoivent le Sentimonstre, mais surtout la foule de Réflekta qui court partout, ils n'en croient pas leurs yeux.

— C'est une catastrophe, Plagg ! s'affole Tikki, les yeux écarquillés. Comment on va faire pour retrouver nos porteurs ? Tout le monde a la même apparence !

— Il faut d'abord qu'on trouve les Miraculous, déclare son compagnon.

Ils mettent à fouiller le bazar qui jonche le sol. Il y a des vêtements, des accessoires et tout le matériel emporté par Marinette.

— Sans Ladybug et Chat Noir, Paris sera condamné, craint Tikki, qui peine à repérer les boucles d'oreilles.

— Trouvé ! s'écrie Plagg, la chevalière magique à la main. Reste concentrée Sucrette, tout va finir par s'arranger.

Puis, il s'envole vers Adrien. Pourvu qu'il le reconnaisse !

Pendant ce temps, Réflekta a une nouvelle proie en vue : sa meilleure amie.

— Rose ! rugit-elle. Où es-tu ? Viens me rejoindre, et nous serons comme des sœurs jumelles pour l'éternité !

Tout en courant, j'entends soudain une voix au-dessus de ma tête :

— Chat Noir ! appelle doucement quelqu'un. Chat Noir ! Chat Noir !

Je m'arrête et lève les yeux vers Plagg qui tient la chevalière de mon coéquipier. Il vole vers moi.

— Qu'est-ce que tu fais, là ? je m'étonne. Est-ce que Chat Noir a perdu son Miraculous ? Et Tikki, tu l'as vue ?

— Hum, c'est une longue histoire, Marinette, répond-il.

Et je n'ai pas le temps de l'écouter ! Puisque Tikki n'est pas avec moi pour l'instant, je ne vois qu'une chose à faire : enfiler la bague magique !

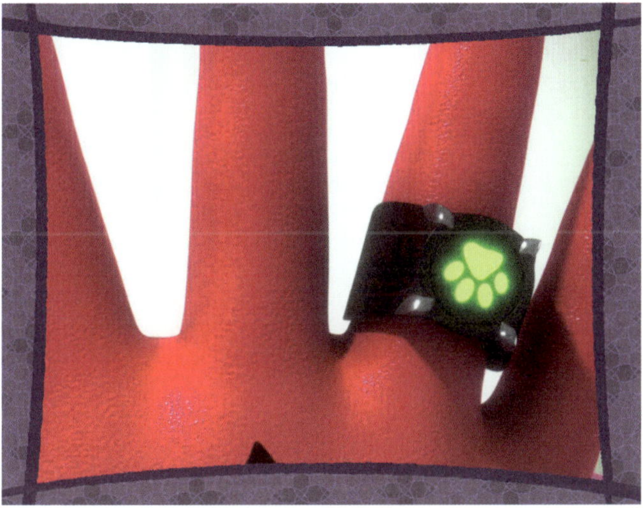

— Plagg, transforme-moi ! je m'exclame.

Une très longue tresse brune, une combinaison noire avec une touche de vert, des oreilles de chat. Me voici devenue : Lady Noire !

4

Un échange pas si simple

Ah, ça fait du bien d'avoir un super-pouvoir – même si ce n'est pas le mien, hum, hum. Disons que je me sens un peu plus de taille à combattre Réflekta ! Toujours aux commandes de son Sentimonstre, elle fonce droit vers Rose. Mais je ne compte pas la laisser faire, ah ça, non !

Vite, j'allonge mon bâton en mode télescopique et je bondis pour frapper la poupée géante. En plein dans le mille ! Elle vacille, avant de se redresser aussitôt. Et de balayer tout le monde avec son rayon !

Youpi, Tikki a enfin retrouvé les boucles d'oreilles magiques ! Au même instant, une copie de Réflekta accourt vers la berline, en criant :

— Plagg ! Plagg !

Tikki n'a qu'une idée en tête : rejoindre Marinette. Mais de loin, elle découvre Lady Noire et elle comprend : son amie a enfilé la chevalière magique ! Alors, le kwami retourne voir la Réflekta qui continue d'appeler Plagg à corps et à cris.

— Tu es Chat Noir, c'est ça ? devine-t-elle.

Après avoir acquiescé, Adrien aperçoit à son tour Lady Noire, au pied de la tour Eiffel.

— Attends, là-bas, ce ne serait pas… Ladybug ?

— Oui, confirme Tikki. Il y a eu un petit problème avec les Miraculous. Je suis Tikki. Ravie de te connaître.

— Enchanté, répond Adrien-Réflekta, en souriant.

Sans attendre, il met les boucles d'oreilles, avant de s'exclamer :

— Tikki, transforme-moi !

Combinaison rouge et noire, yoyo accroché à la taille. Voici : Mister Bug !

Tandis que je bondis partout pour esquiver le rayon, un nouveau super-héros surgit. Enfin, pas vraiment nouveau : il s'agit de Chat Noir qui porte une combinaison coccinelle et un masque rouge à pois. Il a dû trouver mon Miraculous !

— Waouh, ma Lady Noire, j'ai l'impression que tu as le beau rôle, aujourd'hui ! plaisante-t-il.

Pas de doute : avec cet humour douteux, c'est forcément mon coéquipier. Je me place devant lui pour le protéger.

— Je n'en suis pas sûre, je rétorque, en faisant tournoyer mon bâton. On va devoir affronter deux adversaires avec les pouvoirs de l'autre ! Reste concentré, Mister Bug. Et utilise le yoyo !

Il fait un essai… et se prend un coup de yoyo dans l'œil. Désespérant ! Je me demande si cet échange de Miraculous était une bonne idée…

Pendant que la poupée géante s'avance vers nous, la voix de Réflekta résonne :

— Oui, Papillon.

Notre ennemi juré doit nous observer à distance et il veut tirer profit du fait qu'on ne maîtrise pas nos pouvoirs !

— Comme si ça ne suffisait pas, je me retrouve avec deux akumas à capturer, fait remarquer Mister Bug.

— Non, je le corrige. Un akuma et un amok. Réflekta a été akumatisée par le Papillon. Mais sa poupée géante est un Sentimonstre créé par le porteur du Miraculous du paon.

Le Sentimonstre en question abat son énorme poing sur nous. Nous l'évitons de justesse, avant de grimper jusqu'à la tête de la poupée. À l'attaque ! Coups de pied et de bâton. Hélas, notre assaut ne donne aucun résultat. Le monstre paraît invincible !

— D'accord, comprend Mister Bug. Donc, il faut trouver l'objet akumatisé de Réflekta et l'amok de la poupée.

— Tu vas t'en sortir, ou on fait l'échange ? je me mets à douter, tout en repoussant le rayon avec mon bâton.

— La confiance règne ! se vexe-t-il. Je suis capable de le faire, ça va. Je vais me servir de mon Luck…

Alors qu'il s'apprête à lancer son yoyo, je lui attrape le bras.

— Non, attends !

— Mais pourquoi tu as fait ça ? s'étonne-t-il.

— Parce que c'est encore trop tôt, je lui explique. Tu ne connais pas assez ton adversaire…

Je n'ai pas le temps de continuer. Mister Bug m'écarte de justesse de la trajectoire du Sentimonstre. Ouf, c'était moins une !

— Tu ne sais pas dans quels objets se trouvent l'akuma et l'amok, je poursuis, en m'enfuyant avec lui.

— L'akuma doit être au même endroit que la première fois, suppose mon coéquipier. Dans son bracelet !

— Peut-être, j'admets. Mais il faut s'en assurer.

Pas une seconde pour souffler. La poupée continue de nous viser,

pendant que nous escaladons la tour Eiffel. Mais, une fois que nous sommes en hauteur, elle ne peut plus nous atteindre. Et toc !

— Il suffit que je tienne un miroir, et je pourrai retourner son rayon contre elle, assure Mister Bug.

N'importe quoi ! Comme si c'était aussi facile ! Qu'est-ce qu'il croit ?

Mon pouvoir demande une grande expérience !

— Ça ne marche pas comme ça, je le détrompe. Le Lucky Charm ne sert pas à exaucer les vœux.

— Je tente ma chance, répond-il, avec son petit air fanfaron super agaçant. Démonstration !

Il lance mon yoyo au-dessus de lui et reçoit… un grand miroir rond ! Ça alors ! Je suis vexée ! Mais je bouderai plus tard. La poupée géante monte vers nous ! Et Réflekta nous envoie des petits rayons grâce à son gant ! Tout content, Mister Bug tend son miroir pour lui renvoyer sa propre énergie.

Résultat : la super-vilaine est encore plus furieuse et elle se remet à nous mitrailler avec le puissant rayon de

sa poupée. Nous nous dépêchons de grimper plus haut.

— Très efficace, Mister Bug, je commente. Je te rappelle que le Lucky Charm ne donne pas l'objet pour vaincre le super-vilain. Tu dois comprendre comment l'utiliser afin de remporter le combat.

Il me regarde, les yeux ronds.

— Avec ta tête, je précise, en lui donnant un petit coup de bâton sur le crâne. En tout cas, maintenant que tu t'es servi du Lucky Charm, il ne te reste que quelques minutes avant de te détransformer, Buguinet.

Eh oui, moi aussi, je peux donner des surnoms ridicules ! Finalement, c'est plutôt sympa d'être Lady Noire ! Il n'y a pas à dire : changer de combinaison, ça permet de voir les choses autrement. Maintenant que j'ai le pouvoir de destruction, tout me paraît si simple ! Plus à me casser la tête et à chercher des solutions. Je n'ai qu'à poser la main sur quelque chose et… le réduire en miettes !

— Pourquoi tu n'essaies pas de m'aider au lieu de te moquer ? s'énerve-t-il.

La poupée géante est parvenue à notre hauteur.

— Alors, comme ça, Buguinet n'a pas le sens de l'humour ? je le raille, en déjouant le rayon.

Assez plaisanté. Il est temps de passer aux choses sérieuses ! Je brandis le poing – j'ai toujours eu envie de faire ça !

— Cataclysme ! je m'écrie.

Une fois ma main chargée en énergie destructrice, je la pose sur la poupée qui chute lourdement sur le sol. Son corps se fissure. Mais elle ne se brise pas ! Pire : elle devient complètement folle ! Elle titube et envoie son rayon à tout va.

Mais j'ignorais qu'on ne pouvait pas cataclysmer un Sentimonstre, moi ! Comme quoi, échanger ses pouvoirs, ce n'est pas si simple que ça.

En plus, nous allons bientôt nous détransformer !

Comment allons-nous nous en sortir, cette fois ?

5

Mais où est l'amok ?

Tandis que je cherche un moyen de vaincre le Sentimontre qui vacille et détruit tout sur son passage, Réflekta semble avoir totalement perdu le contrôle.

— Poupéflekta, non, arrête ! panique-t-elle. Chatte Noire, Coccinelle Boy, aidez-moi !

C'est bien la première fois qu'une super-vilaine nous appelle au secours ! Mais je n'oublie pas qu'il s'agit en fait de Juleka, et qu'elle est seulement victime du Papillon.

Je me tourne vers Mister Bug.

— Alors, tu as envie de jouer à la poupée ? je plaisante, avant de bondir vers le Sentimonstre.

— Hé ! s'agace-t-il, en me suivant. Tu m'as volé ma réplique !

Hop, je maintiens la paupière battante de Poupéflekta ouverte, avec mon bâton. Puis, mon coéquipier lance son yoyo pour attraper Réflekta et nous nous dépêchons de la sortir de là.

Une fois en bas, nous fonçons nous abriter derrière un pied de la tour Eiffel.

— Ces nouveaux costumes sont absolument grotesques, gronde la super-vilaine. Laissez-moi arranger ça !

La voilà qui tend sa main gantée, prête à nous envoyer son rayon ! Drôle de façon de nous remercier !

— Non, mais dis donc ! s'emporte Mister Bug. Tu pourrais faire preuve de gratitude !

Vif comme l'éclair, il lance son yoyo vers le gant de Réflekta. Ou plus précisément vers l'étrange ornement qu'on peut apercevoir sur le dessus. De là où sortent les rayons… et qui renferme aussi l'akuma ! Cette partie se brise, libérant le papillon maléfique.

Gagné !

Mon coéquipier semble plutôt fier de lui.

— Et puis, je trouve qu'ils nous vont bien, nous, ces costumes !

— N'oublie pas de capturer l'akuma, je lui rappelle, avec un sourire.

C'est bien de se réjouir, mais encore faut-il terminer son travail, eh oui ! Du bout du doigt, il ouvre son yoyo magique.

— Assez joué, petit akuma ! prononce-t-il. Je te libère du mal !

Après un bref séjour dans le yoyo, l'akuma redevient le joli papillon inoffensif qu'il était. Mister Bug ne se débrouille pas trop mal, finalement. Mais je garde sagement ce compliment pour moi. Pas envie d'entendre un concert de vantardises, non merci !

Réflekta laisse la place à la gentille Juleka. Cependant, il reste

un petit souci. Ou disons, plutôt un gigantesque souci : Poupéflekta ! Elle continue de projeter son rayon sans discontinuer et de semer le chaos. Oh non, elle arrive vers nous ! Touchée, Juleka reprend l'apparence de Réflekta.

— Ah, mince ! s'exclame Mister Bug. Bon, ce n'est pas grave. Je vais tout arranger !

Alors qu'il s'apprête à lancer le miroir dans le ciel de Paris, je m'empresse de l'arrêter. Ça y est, il recommence à brûler les étapes ! Ah, il est vraiment incorrigible, celui-là !

— Tu ne crois pas qu'on devrait d'abord stopper Poupéflekta, avant qu'elle ne cause plus de dégâts ? je le raisonne.

Autrement dit : chercher un moyen d'utiliser le miroir fourni par le Lucky Charm. Mister Bug essaie de réfléchir. De mon côté, je repars au combat avec mon bâton !

— D'accord, je le reconnais, ce n'est pas facile d'être une super-coccinelle, admet-il.

— Et je dois t'avouer que j'aime bien ton costume, je rétorque. Je me sens beaucoup plus légère qu'avec le mien !

J'ai beau attaquer Poupéflekta, elle ne faiblit pas. Je me refugie avec Mister Bug derrière une cheminée. Il faut qu'on réfléchisse !

— Je ne pourrais jamais y arriver sans ton aide, ma Lady, me confie-t-il.

— Réflekta contrôlait la poupée de l'intérieur, je fais remarquer. Il faut donc essayer d'y entrer pour trouver l'objet qui contient l'amok.

— Mais comment fait-on pour y entrer, sans que son rayon nous touche ? m'interroge-t-il.

Je désigne le grand miroir qu'il tient entre ses mains.

— Essayons de comprendre à quoi il sert, je suggère, avant de me creuser les méninges. Toi, tu es un garçon du genre simple et direct (j'ignore son petit air vexé.). Alors, que moi, j'élabore toujours des plans super compliqués.

Mais oui, je sais ! Un truc simple et direct ! Nous observons Poupéflekta, la folle du rayon. Là, derrière sa tête, j'aperçois une trappe d'accès ! Celle-ci comporte une fente. Une fente susceptible de s'ouvrir grâce à un tournevis. Ou bien, une pièce. Ou bien, quelque chose de gros et de rond qui ressemble à une pièce, comme… un miroir !

C'est parti !

Vite, j'allonge au maximum mon bâton et je le place à l'horizontale devant les jambes de Poupéflekta. Forcément, elle se prend les pieds dedans, et patatras ! Mister Bug la ligote avec le fil de son yoyo.

Maintenant qu'elle est face contre terre, il n'y a pas une seconde à perdre. Mon coéquipier glisse la pièce dans la fente, puis la tourne pour ouvrir la trappe.

— Regarde ! je m'exclame. Le gouvernail est une barrette à cheveux !

— Tu es la meilleure, ma Lady, me félicite-t-il.

Je brise le centre de la barrette avec mon bâton, et la plume maléfique s'échappe aussitôt. À Mister Bug de jouer ! Il capture l'amok dans son yoyo. Comme l'akuma, il suffit de

quelques instants pour lui ôter son pouvoir maléfique.

— Bye bye, petite plume ! la salue-t-il, avant de jeter le miroir dans le ciel de Paris. Miraculous, Mister Bug !

Une nuée de coccinelles magiques réparent instantanément les dégâts. Fini les copies de Réflekta ! Les passants retrouvent leurs vrais visages, tous différents, et c'est bien mieux comme ça !

Avec Mister Bug, nous célébrons cette victoire par notre traditionnel tope-là…

Une nouvelle défaite cuisante pour le Papillon ! Dans son antre, il est fou de rage.

— Argh ! fulmine-t-il, le poing serré. Nous avons encore échoué !

Mayura pose les mains sur la sienne. Elle déteste le voir dans cet état et elle ferait n'importe quoi pour l'aider. Quitte à y laisser la santé…

— Mais nous sommes deux désormais, tente-t-elle de l'apaiser. Nous sommes plus forts et nous finirons

par gagner, je le sais. Duusu, détransformation !

— Nooroo, détransformation ! lance ensuite le Papillon.

Les voilà redevenus Nathalie Sancœur et Gabriel Agreste. Leurs kwamis planent près d'eux.

— Youpiii, c'était génial ! s'enthousiasme Duusu.

Mais à cet instant, Nathalie s'effondre en toussant.

— Vous ne vous sentez pas bien, maîtresse ? s'inquiète son kwami.

— Tout va bien, Duusu, le rassure le styliste. Nathalie est juste... fatiguée. Elle a besoin de calme, laisse-la se reposer.

Mister Bug et moi courons ensemble sur les toits. Il s'agissait d'une mission vraiment spéciale ! Mais j'ai surtout appris une chose importante : parfois, c'est bien de se mettre à la place des gens. Ça aide à mieux saisir ce qu'ils ressentent.

— Maintenant, je comprends pourquoi tu n'as pas le temps de faire des blagues, ma Lady, avoue mon coéquipier, comme s'il lisait dans mes pensées.

— On a chacun notre rôle à jouer, hein, Buguinet ? je le taquine.

Nous nous séparons pour aller nous détransformer chacun de notre côté. Plagg a besoin de reprendre des forces, alors je lui offre un macaron. Je suis certaine que Mister Bug va bien s'occuper de Tikki, lui aussi.

— Au revoir, Plagg, je le salue, en lui rendant la chevalière magique. C'était une belle expérience.

— Je suis d'accord, approuve-t-il. Rien de tel pour rompre la monotonie du quotidien.

Rassasié, il s'envole… Et alors, qui je vois venir vers moi ? Tikki ! Un gros câlin s'impose.

— J'ai cru que je t'avais perdue pour toujours, je lui confie. Je suis vraiment heureuse de te retrouver, tu sais !

Une chose est sûre : je ne suis pas près d'enlever à nouveau mes boucles d'oreilles ! Maintenant, place à la dernière partie de ma mission : arranger les choses avec Juleka. Et l'aider, si possible. Je la retrouve au milieu de nos amies. Adrien ne tarde pas à nous rejoindre.

— Je suis vraiment désolée, Juleka, je lui dis. J'aurais dû voir que c'était important pour toi d'être mannequin. Tu veux refaire un essai ?

Elle me sourit :

— Oui, avec plaisir, me répond-elle.

Mais le Gorille pose une main autoritaire sur l'épaule d'Adrien – un geste qui veut dire : « Il est temps de rentrer. » Mes copines et moi le regardons d'un air suppliant, pour l'amadouer.

— S'il vous plaît ! lançons-nous.

Son bon cœur n'y résiste pas !

You-hou ! Vive la séance-photos avec Adrien *et* Juleka, cette fois. Mais je suis heureuse de lui avoir laissé ma place. C'était son rêve. Et moi, j'aurai bien d'autres occasions de me rapprocher de mon *Madrien* adoré !

Fin

Retrouve très bientôt
Ladybug et Chat Noir
dans une nouvelle
aventure
en Bibliothèque Rose !

As-tu lu les premiers tomes des aventures de Ladybug et de Chat Noir ?

Tous tes héros sont sur :
www.bibliotheque-rose.com

Table

PAPIER À BASE DE FIBRES CERTIFIÉES

hachette s'engage pour l'environnement en réduisant l'empreinte carbone de ses livres. Celle de cet exemplaire est de :
300 g éq. CO_2
Rendez-vous sur www.hachette-durable.fr

Photogravure Nord Compo - Villeneuve-d'Ascq

Imprimé par Rotolito Romania en Roumanie
Dépôt légal : mars 2021
Achevé d'imprimer : juin 2021
17.2098.2/03 – ISBN 978-2-01-712820-5
Loi n° 49956 du 16 juillet 1949
sur les publications destinées à la jeunesse